THE ICHINOSE FAMILY'S DEADLY SINS

6

Familie Ichinoses Todsünde

Taizan 5

Die Charaktere

Tsubasa Ichinose

17-jähriger Junge, der nach vier Jahren aus dem Koma erwacht. Als er mit Souta zu seiner Familie zurückkehrt, gerät er erneut in die Fänge eines Traums.

Shiori Ichinose

Tsubasas kleine Schwester geht inzwischen in die 11. Klasse. Sie vermisst Souta und wünscht sich, dass sie auf ewig mit ihrer Familie im Traum vereint sein kann.

Story

Bei einem Autounfall verliert Tsubasa sein Gedächtnis. Wie sich beim Wiedersehen mit seiner Familie herausstellt, leiden auch alle übrigen Familienmitglieder unter Amnesie! Tsubasa begreift, dass er in seiner Traumwelt gefangen ist und versucht auf jede erdenkliche Weise auszubrechen. Bis er eines Tages völlig unvermittelt doch aus dem Koma erwacht. Danach trifft er auf seinen Bruder, der von zu Hause ausgezogen ist, und verbringt einige Zeit mit ihm, Ayano und dem kleinen Kenta. Doch auch dieser Anflug von Familie hält nicht ewig. Er überredet Souta, nach Hause zurückzukehren, doch dort ist nichts mehr wie zuvor, denn alle Familienmitglieder sind erneut im Traum gefangen. Verantwortlich dafür ist Kakeru. Als Tsubasa ihn zur Rede stellt, behauptet er, dass außer Souta und Tsubasa niemand aus dem Traum erwachen möchte?!

Minako Ichinose

Tsubasas Mutter hat im Traum ein offenes Ohr für Tsubasa und seinen Bruder. Besonders Souta gegenüber zeigt sie sich sehr verständnisvoll.

Kakeru Ichinose

Tsubasas Vater wünscht sich, dass seine Familie glücklich ist. Mithilfe von Schlaftabletten hält er alle im Traum gefangen.

Sachie Ichinose

Tsubasas Großmutter vertraut Tsubasa den Schlüssel zu Kozos Zimmer an und fällt dann aus unerklärlichem Grund in ein Koma.

Kozo Ichinose

Tsubasas Großvater war Physikprofessor an der Universität. Auch nach seiner Pensionierung forscht er weiter über Träume.

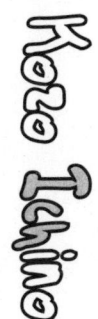

Yuki Nakajima

Tsubasas ehemaliger Klassenkamerad steht ihm mit Rat und Tat zur Seite, seit er aus dem Koma erwacht ist.

Souta Ichinose

Tsubasas älterer Bruder spielt eine zentrale Rolle in der Familie. Er ist von zu Hause fortgegangen, wird aber von Tsubasa zurückgeholt.

The Ichinose Family's Deadly Sins

In ha lt

Aus dem Japanischen von Gandalf Bartholomäus

Kapitel 44 Tsubasas Schrei

* Nüsse

** Erdbeer-Pancakes

*** Käferbrot

... einen Bruder wie dich zu haben! Amnesie hin oder her.

Ach...

Ich bin so glücklich...

Souta!

Mir ist heute was Lustiges passiert!

Leute, hört mal!

... bevor uns der Traum verschluckt!

Wie oft denn noch! Wir müssen hier weg ...

Oh!

Mum!

Souta...!

Du sollst aufwachen!

... hab ich den süßesten japanischen Spitz gesehen!

Als ich vorhin vom Einkaufen zurückkam...

* Gekritzel: Stirb

Souta hat früher die ganze Zeit gelacht.
Aber es wirkte immer total erzwungen.
Jetzt ist das anders.
Es macht ihm Spaß, von sich zu erzählen.
Er lacht, wenn man darauf reagiert.
Und wenn einen etwas bedrückt, dann hört er aufrichtig zu!

Du hast nicht das Recht...

Ich möchte ...

... Soutas Glück oder das unserer Familie zu zerstören.

... sein Lachen beschützen.

Los, sag...

Oder siehst du das anders?

... Tsubasa.

TRIIIIEF.

Aber
es gibt doch
auch Toy-
pudel...

Davon
abgese-
hen...

Ja,
stimmt!

Die
werden
garantiert
nicht groß.

Hä?

Welche Hunderassen werden sonst noch groß?

Du hast den Tisch kaputt gemacht.

... sich in diesen Traum flüchten zu wollen.

Es macht überhaupt keinen Sinn...

... werden wir uns schon bald wieder alle hassen.

Auch, wenn wir alles vergessen ...

Und dann werden das voll die Brummer!

Stimmt, als Welpe sind die mini.

Golden Retriever vielleicht?

Sind das nicht Katzen?

Ragdolls sollen auch groß werden.

GLPP

GLPP

HAPP

HAPP

Genauso gut könnten wir in der Realität noch mal von vorn...

Dieser Traum ist keine Lösung.

Ah!

Tatsache. Ragdolls sind...

... sobald sie zusammenwohnen, ist es nur eine Frage der Zeit...

... bis aus ihnen eine faule, hässliche Familie wird.

Ich hab's!

Wie nett Fremde auch zueinander sein mögen...

Shiori wird jeden Tag zurückmotzen...

Mum wird irgendwann nur noch angepisst sein.

Wie super wir uns auch vertragen...

... alles über den Haufen zu werfen und euch daran zu erinnern!

Wollt ihr das jedes Mal vergessen und neu anfangen?

Dann bleibt mir nur...

Und Opa wird wieder dement...

Oma wird sich nur noch für Opa interessieren...

Eines unscheinbaren Tages...

Ihr wisst es doch auch.

Soutas Storys sind so langweilig...

Was?

... sie werden euch schon bald zu den Ohren raushängen!

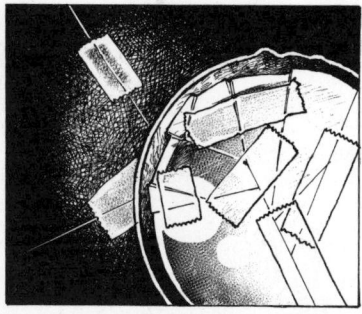

Stimmt.

Tsubasa...

Shiori.

Aber
Tsubasa
...

... war
stets der
Einzige...

Die
will ich
nicht!

... nicht
von Sou!

Die
sind...

Kanin-
chen! Die
magst du
doch!

Schau,
was ich
geholt
hab!

Ich
hatte genug
Taschengeld
gespart...

PATAMM

Papa!

Du musst mir sagen, wie wir aufwachen kö...

Kapitel 45 Kakerus lang gehegter Wunsch

Papa...?

Papa!

* Eisbein

Mein Vater war schon immer nett zu mir.

Verwöhn Kakeru doch nicht so, Kozo.

Souta!

Aber...

... dass er mich nie verwöhnt hat, son- dern...

Hm? Könnte es sein...

... dass er nie Erwartungen an mich hatte?

Das wurde mir Blitz- merker erst bewusst...

Vater.

... als ich 30 war.

Mum.

Haben wir je...

... irgendwas für unsere Familie getan?

Statt selbst unsere Familie zu retten...

Wir haben uns...

Ich...

Aber Shiori...

... immer nur auf Sou verlassen.

Ich habe nie was für uns getan.

... weiterhelfen lassen.

... von Sou oder Tsubasa...

Ich hab mir ständig ...

Ich hab's nicht mal versucht.

... hab ich mich von unserer Familie abgewandt.

Und als die beiden weg waren ...

Und euch habe ich ausgelacht, als ihr euch bemüht habt.

Wir...

Das Glück kommt nicht vom Rumwarten.

... um glücklich zu werden!

... müssen selbst etwas tun...

Könnten wir doch nur alles vergessen und noch mal von vorn anfangen.

Das haben wir uns alle gewünscht.

... alles vergessen und bei Null anfangen...
Papa?
Souta.
... dann wäre ich...

... der dich ewig liebt...

... ein Vater...

Hä?

Ich bin aufgewacht.

Kakeru.

Kapitel 46
Kakerus Bitte

Also...

Du...

Minako...!

Ich schaffe das!

Diesmal werde ich...

Sonst wärst du nicht wach.

War die Dosis zu gering?

Sorry.

Keine Sorge, ich...

Kakeru.

Also...

Nicht mit diesem Blick, der mir nichts zutraut!

So was
brauche
ich nicht.

Ich hab
doch dich
und Sachie.
Mehr brauch
ich nicht zum
Glücklich-
sein.

Ein
Geburtstags-
geschenk?

... wenn Souta nicht mehr hier wäre...

Oh!

Vater.

Hör mal
...

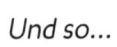

Und so...

Mutter...?

Was sagst du da, Kakeru?

Du musst auch aus Versehen aufgewacht sein...

Aber alles gut!

Keine Sorge.

Das war Vaters Forschung!

Der Traum von euch allen wird wahr werden...

... also...

Ich könnt gleich wieder zurück!

Wir können nicht ewig vor der Realität davonlaufen...

... und uns an einen Traum klammern.

Sie hat recht.

Du als Vater, und auch wir dürfen nicht ewig...

Deine Kinder blicken nach vorn.

Wir müssen das zurücklassen.

Kakeru.

... kann ich...

Aber im Traum...

Warte.

... diesen wunder- vollen Traum...

... gezeigt hast.

Danke, dass du uns...

Wir waren glücklich.

Es reicht.

Damals...

Du warst perfekt, wie du warst.

... ein einfühlsames Kind. Und talentiert in vielen anderen Dingen als wir.

... dass du genauso sein darfst, wie du bist.

Wir hätten dir viel öfter sagen müssen...

... genau weil du so liebenswert bist...

... würdest du irgendwann...

Aber...

Souta!

Morgen.

Papa.

...

Der Traum ...

Morgen.

Kapitel 47 Familie Ichinoses Heimkehr

... ist vorbei.

Die Ergebnisse sehen auch alle bestens aus...

Und Sachie ist einfach wieder aufgewacht?

Ich bin sprachlos!

Haha...

Tja...

Was war da nur los...?

Dinge, die liegen geblieben waren, holten uns ein.

Und dann...

Rundbrief brief brief

... hatte schnell der Alltag wieder.

... uns zur Sicherheit alle untersuchen?

Würden Sie...

Zur Sicherheit?

Unsere Familie...

... hatte Minako Limo dabei. Wisst ihr noch?

Im Auto damals...

Darin war gewöhnliches Schlafmittel.

Aber Souta hat dich unterbrochen.

Hätte man alles getrunken, wäre man eingeschlafen.

Vater muss es ausgetauscht haben.

... und der Traum fing an, bevor alles bereit war.

Durch den Unfall bist du ins Koma gefallen...

Warum wollte Opa...

Mehr weiß ich dazu auch nicht.

Ich hatte nur die Pillen in Vaters Zimmer entdeckt...

Da muss es ihm schon schlecht gegangen sein.

Er wusste schon vor dem Unfall von seiner Krankheit.

... dass wir diesen Traum haben?

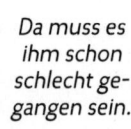

Zeit?

Hä?

Wofür?

Dass du so ehrlich zu uns warst.

Danke, Kakeru.

Ja.

Klar.

Dann wird es Zeit, nicht wahr?

Kozo...

... war dick-köpfig und wollte nicht hören.

Nie hat er mir gesagt, worüber er forscht.

Oma ...

Aber ...

Wird Zeit, hier aufzu-räumen!

Und dann ...

»Wir hatten einen Heidenspaß!«

»Danke dafür!«

Wenn er das nächste Mal aufwacht, sage ich ihm...

Ich helfe dir.

Ich auch!

Mutter...

Souta.

Das alles tut uns unglaublich leid.

Ich hab mit deiner Mutter gesprochen.

Bitte, vergib uns...

Aber...

Wir werden es wiedergutmachen.

Wir erwarten auch nicht, dass du bleibst.

Ich will dir eine gute Mutter sein...

... ab jetzt...

... werden wir immer für dich da sein.

... werde nächste Woche ausziehen.

Ich muss nur noch packen und alles Formelle regeln.

Ich...

Ah!

Hey!

Der Traum ist vorbei.

Und jetzt...

Alle gehen ihren Weg.

Ach so...

Im Traum. In der Realität.

Schön, dass Opa wieder stabil ist.

Ständig waren wir...

... nur am Streiten.

Tsubasa.

Sei bloß vorsichtig!

Ja, danke!

Endlich haben wir's alle...

... nach Tojinbo geschafft!

Hier waren wir zuletzt vor dem Unfall...

... scheinen wir auf merkwürdige Weise Ruhe gefunden zu haben.

Doch jetzt...

Souta.

Echt mal.

Ihr zwei könnt so nerven!

Sorry...

... dass ich dich mitgeschleppt hab.

Hey...

... Tsuba-sa.

Alles okay?

Aber schon gut.

... nach der ich mich immer gesehnt habe.

Das ist die Art Ruhe...

Aber na ja...

... hatte ich vor, heimlich abzuhauen.

Offen gesagt ...

Hä?

Aber warum...

Dann dachte ich, ich kann euch wenigstens noch zurückfahren.

Also, ich dachte ...

... ich kehre zu meinem alten Job zurück.

Viel Glück!

Haha!

... eine tolle Abwechslung!

Aber war...

Wie geht's jetzt finanziell weiter?

Kakeru.

Fürs Fahren.

Danke, Souta.

Und dein Führerschein ist abgelaufen.

Schon gut. Opa kann ja schlecht Zug fahren.

Ab und zu, ja.

... besu-chen?

Kommst du uns mal...

Der Traum hatte uns grundlegend verändert.

Dann verrei-sen wir wieder!

Wir sind die Stärksten und Größten!

Ich bin mir sicher, wir können dies-mal von vorn anfangen.

Souta.

... er- innerst di...

Haha! Voll lustig, echt!

Gedächtnis- verlust und so, witzig!

Fast wäre ich drauf reinge- fallen!

Ich dachte kurz echt, der Traum hätte wieder angefangen.

Hatten wir noch einen Unfall? Das Zimmer kenne ich doch!

Ihr erinnert euch auch noch an alles, oder?

Aber so leicht tritt Amnesie...

... auch nicht auf.

Okuda Memorial Hospital

Komm schon.

Es versteht sich eigentlich von selbst.

Äh.

Was?

Shiori!

... geht's doch allen gut.

Im Vergleich zum Traum...

Ich wollte dich nicht ärgern.

... wenn wir alles wieder vergessen hätten.

Mir wär's dennoch lieber...

Ach ja?

Warum die miese Stimmung?

Was zum?

Hä?

Der Trip war trotzdem cool, oder?

Hey, Leute!

...

Ja, ja.

Aber wir haben sogar 'nen Affen gesehen!

Der Unfall natürlich nicht.

Der war so süß...

Unfall das...

Affe dies...

Argh!
Kanst du mal aufhören, alles immer schönzureden?!
Nicht jedes Problem lässt sich logisch lösen!
Und ich habe dem nie zugestimmt! Der ganzen Sache mit dem Traum!
Kö... Können wir das nicht ein andermal...
Nächstes Mal gehen wir nach Kanazawa ...
PAMM
Warum versucht ihr nicht wenigstens mal, was zu ändern?
Während ich versuche, unsere Familie zu kitten!
Ihr denkt permanent nur an euch!
Aber ihr...

An Tsubasa

Tsubasa!

Ach, vergiss es. Viel zu steif...

Wenn du diesen Brief liest, dann...

... der Traum ist vorbei.

Ich nehme an...

Dieser Brief...

Hä?

Ich bin mir sicher, dass sie den richtigen Moment gewählt hat.

... wenn alles vorbei ist.

Ich bat Sachie, jedem von euch...

... einen zu geben...

Tsubasa.

Du...

Und dass euer Verhältnis auch weiterhin kühl bleiben wird.

Ich bin mir sicher, während ich diese Zeilen schreibe, redet ihr nicht miteinander.

... neigst dazu, dem Verhältnis unserer Familie...

... zu viel Bedeutung beizumessen.

Jedenfalls ...

... als Wissenschaftler wäre das einzig Richtige gewesen.

Gib mir ruhig die Schuld, aber Soutas Karriere ...

Nur eins...

... habe ich wirklich bereut.

Ein normaler Umweltfaktor.

... führte unser Zusammenleben als Familie dazu...

... dass wir uns irgendwann auf die Nerven gingen.

... einen Familienausflug gemacht haben.

Dass wir nie zusammen...

... dass wir alle sieben...

... zusammen verreisen.

Ich meinte...

Aber in der Vierten war ich mit Papa und den anderen...

Das bereust du?

Sei still!

Und ein andermal hatten Kakeru oder ich keine Zeit.

Aber mal konntest du wegen einer Erkältung nicht mit, Shiori...

Wir sind öfter verreist, das stimmt.

... wie wir alle zu siebt verreisen!

Ich hätte so gern eine Erinnerung...

Opaaa!

... euch an diesen unvergess-lichen Trip erinnert.

... würde ich mich freuen, wenn ihr...

Also...

Stimmt schon, dass wir uns wohl ewig daran erinnern werden, aber...

Mum, ich hab einen Brief beko...

... einen Trip?

Nennst du das, was du uns zu-gemutet hast...

Backpfeife von Shiori!

Was ist passiert?

Okay...

Ich bin mir sicher...

?

Erinnerungen an einen Trip ändern eben auch nicht alles.

Tja.

Und auch an...

Familie Ichinose (7)

Schnauze! 14:34

Tsubasa und Kakeru! Bleibt doch zu Hause, wenn was von Amazon kommt! 12

gelesen 12:30 d(^_^o)

— Heute —

Tojinbo
Souta hat ein Album angelegt.

Album

Aa

... dass ich mich künftig...

... oft an den Traum erinnern werde.

Endlich.

... unsere Familienreise!

DING

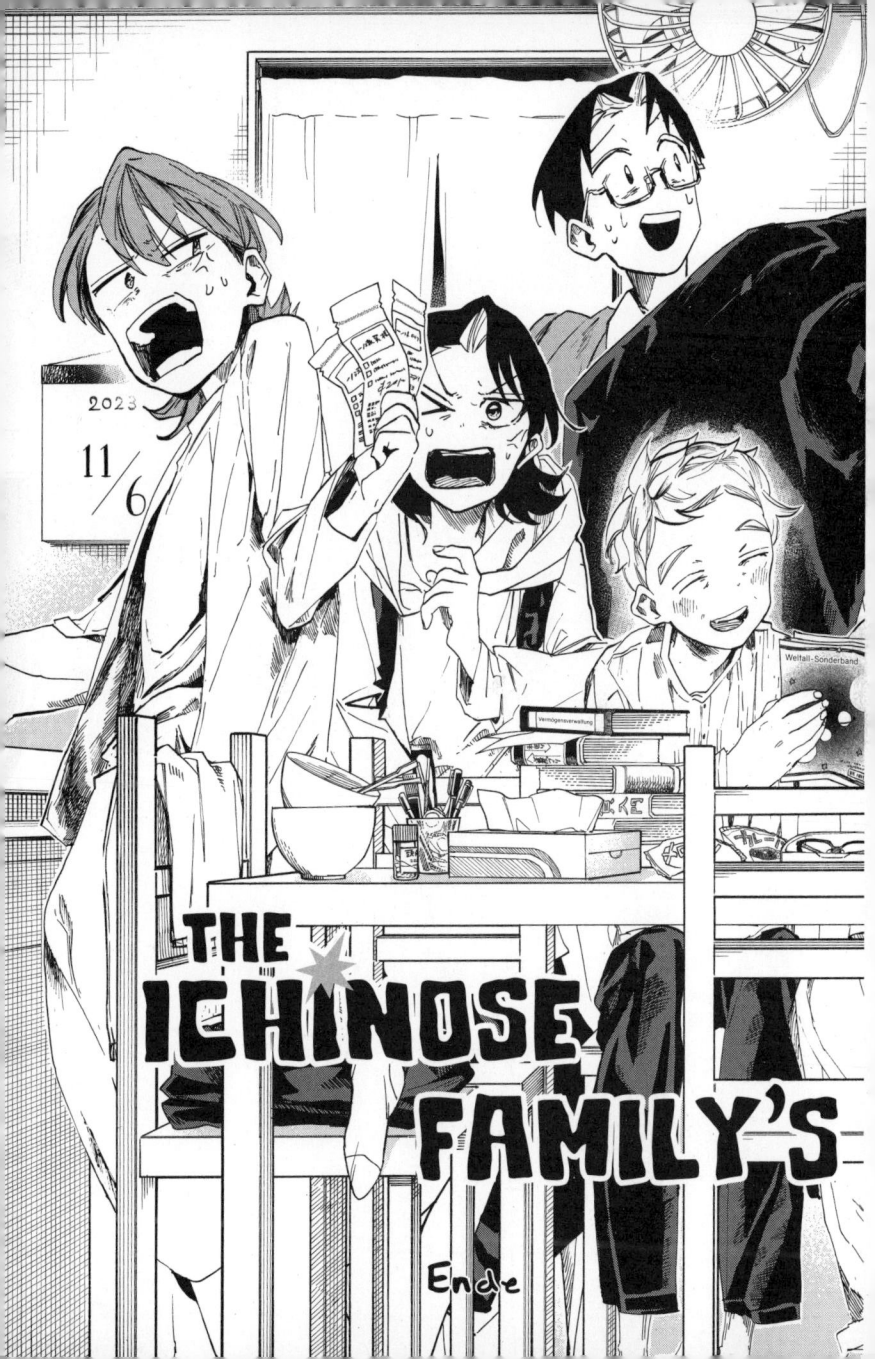

Danke fürs
Dabeisein!!

Bonus-Manga: Fan-Politik

... wäre das mein sozialer Untergang.

Wenn rauskommt, dass ich den Premier heiß finde...

DING

Natürlich weiß niemand davon.

Staatsgeheimnisse der Liebe

Ist sowieso nur zu meinem eigenen Vergnügen. Von daher ist das okay.

[nmmn] [Premier-BL] [Premi x Finanzi]
Gesetz zum Schutz von Staatsgeheimnissen der Liebe

0 Likes   53 Views

21.3.2021, 20:23:35

...ste Veröffentlichung seit Langem!...
...i Premi und Finanzi
...ergesslich.

Meinen Manga lade ich auf einer Seite für Fanzines hoch, hab aber kaum Leser.

Yeah!

Über 50 Views!

Äh.

Ja...

Soziologie, 4. Semester.

Bist du Isamu Mori?

Wenn ich so weitermache ...

Hey!

109

Lass dich mal bei uns blicken.

Äh.

Dann plaudern wir 'ne Runde.

SCHLUFF

Ich leite den Man-ga-Klub.

M...

Manga...

Takarajima mein Name.

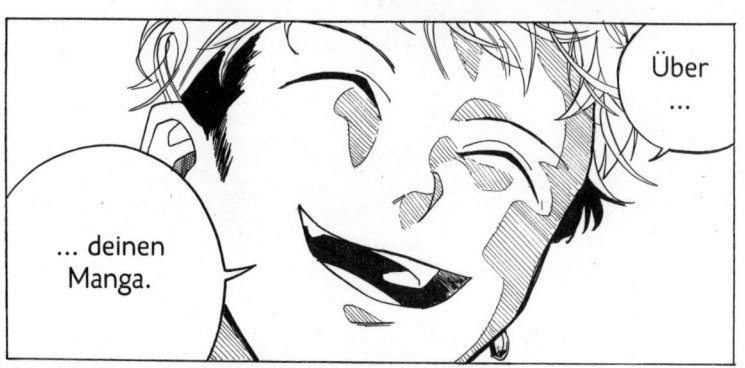

Über...

... deinen Manga.

Mein Leben ist ge-liefert.

Ich kann meinen Eltern nicht mehr gegen-übertreten.

Ich werde brennen!

Wissen es bald alle?

Mein Leben ist am Arsch.

Ich mach's kurz...

Er-presst er mich jetzt?

Noch dazu so ein gru-seliger Typ...

Jemand hat das mit dem Pre-mier-BL rausge-funden...

Im Manga-Klub-raum

KLACK

Hallo.

Oh.

Wir vom Manga-Klub...

... bringen dort jährlich unsre Klub-Zeitschrift raus.

Eine Manga-Messe im August ...

... bei der die Fanzine-Größen des Landes ihre Werke präsentieren.

Und auf dem Cover will ich...

... deinen Manga!

SCHWUPP

... hab ich online alles gelesen.

Aaaaaah!!!

Whoa ...

Mein Manga ist echt nichts für eine Klub-Zeitschr...

Natür-lich...

Dein Manga muss von der ganzen Welt gelesen werden!

Premi x Finanzi

Ich bin mir ganz sicher, no joke.

Du findest den Premier also auch heiß?!

Hä?

Gerade kennt dich noch keiner.

WUPP

Aber wenn du beim Comiket fame wirst...

Takarajima...

?

TAUMEL

PLAPPER

Ich finde die Paarung mit dem Finanzminister unglaublich hot!

PLAPPER

Kann man auch niemandem verübeln, oder?!

Äh, klar...

Das knistert so dermaßen...

LABER

Er und der jüngere Premier, der ja eigentlich über ihm steht...

Bei seinem dichten Haar und seiner Körpergröße.

PLAPPER

RHABARBER

Wenn ich am Sommer-Comiket teilnehme, werden noch viel mehr Leute in den Genuss meines Premier-BL kommen.

Dass ich ausgerechnet an der Uni einen Gleichgesinnten finden würde ...

Ich kann leider nicht.

Also, Isamu.

Gemeinsam auf in Richtung Comi...

Nee.

... muss ich wohl deinen Eltern in Saitama, einem alten Klassenkameraden aus der Mittelschule, deiner Nachhilfe-Lehrerin aus der Oberschul-Zeit, dem Vermieter deiner aktuellen Wohnung und deinem Nachbarn eine Kopie deines Mangas zukommen lassen.

Ich muss dieses Semester echt ranklotzen ...

Wenn du absagst ...

ZIER

ZIER

RASCHEL

114

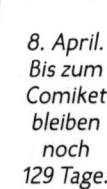

8. April.
Bis zum
Comiket
bleiben
noch
129 Tage.

Manga-Club

Brandschutz

Zu.

Sagst
du zu
oder
ab?

Der
Charme dei-
nes Mangas
...

... liegt in
der Darstellung
der Figuren
und deinen
Einfällen.

Jetzt weißt
du, wo du
stehst. Also
weiter im
Text.

Gut.

Oh
Gott
...

Wenn du
aber ein ganzes
Fanzine rausbringen
willst, das von vielen
gelesen wird, dann
gibt's einen gra-
vierenden Mangel,
den du unbedingt
beheben musst.

No
front,
aber...

Niemand bei
klarem Verstand
würde auf einen
BL mit Yasuda und
Asakawa kommen.

Die
Paarung
ist gän-
gig...

Und deine
Darstellung
des Premier
ist irgendwie
eklig und cool
zugleich. Super
lebendig, no
joke.

Fres-
sel

Ek-
lig?

K... Kannst du das nicht anders sagen ...

Und wenn du mal Körper bringst, sind die Proportionen voll am Arsch.

Du zeichnest alle Gesichter von links unten, Hintergründe gibt's keine...

Und deshalb ...

... deine Zeichnungen sind lame.

WHÄM

 A...

... wirst du diese fünf Bände mit Posen-Sammlungen...

... in den nächsten drei Wochen komplett nachzeichnen.

Alle fünf?!

Eine Pose pro Seite in deinem Skizzenbuch.

Und die legst du mir täglich vor.

SCHNUPP

Wochentags 6 Seiten.

Und 30 Seiten an freien Tagen.

Liegt an dir.

GRAH

Ich hab noch Uni!

W... Wie soll denn das gehen?!

Entweder das oder dein gesellschaftlicher Untergang.

»Geübt« habe ich es noch nie.

Zeichnen war immer nur Spaß für mich.

... fing mein Training an.

Und so...

201

Mo

Das sieht komplett anders aus.

So schlecht bin ich auch ni...

Aber ein Jahr bin ich ja schon dabei.

Um deine Fähigkeiten zu verbessern...

Bis zum Comiket sind's keine vier Monate mehr!

Junge!

...

Die Form eines gebeugten Arms, die Proportionen von Armen und Händen, wo wirft die Kleidung Falten...

Abzeichnen und einprägen, lautet die Devise.

Jupp!

Die muss ich auswendig können?

... musst du in diesem Monat unbedingt ... die Form des menschlichen Körpers auswendig lernen!

Wir gehen ins Trainingslager!

Morgen fängt die Golden Week* an.

* Längste Urlaubsperiode in Japan mit aufeinanderfolgenden Feiertagen

Du hast keine Freunde, Mann!

... hatte ich eigentlich Pläne...

Wer's glaubt!

Sag mir so was doch früher! In der Golden Week...

...

29. April. Irgendein Trainingscamp, irgendwo in der Chiba-Präfektur

Wieso weiß ich davon nichts?!

VROMM

... noch eine weitere Aufgabe meistern.

Hä?

Noch mehr?

... wirst du neben dem Abzeichnen eines Posen-Bandes...

Während der nächsten 11 Tage...

Von der Handlung, über das Layout der Panels bis zum Text in den Sprechblasen wird dabei alles im Voraus festgelegt.

Eine grobe Layoutskizze deines Mangas.

Was?

Das Storyboard.

Kein Wunder. Das war nie nötig, weil du immer nur ein paar Seiten gezeichnet hast.

Für die Länge eines Fanzines ist das Storyboard aber unerlässlich.

Mache ich zum ersten Mal.

Layoutskizze...

KLANK

... aber die Handlung bleibt grundsätzlich dir überlassen.

Inhaltlich werde ich noch mal drüber schauen...

Wa...

Echt?

Also...

Schon irgendwelche konkreten Ideen?

Also, Mori.

...

In Ordnung.

Du hast bestanden!

8. Mai. Tag 10 des Trainingslagers

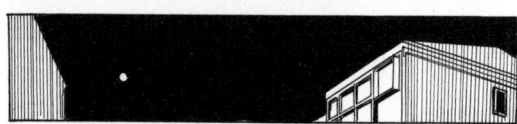

Prost!

Und das aus dem Munde eines weiteren Premier-Fans wie dir! Das freut mich!

Das Knistern zwischen ihnen baut sich im richtigen Tempo auf.

Yasudas und Asakawas Gefühle...

Ja, ist cool geworden!

Mann, ich bin mit dem Storyboard echt zufrieden, wenn ich das so sagen darf.

Ist was Besonderes.

Jippiiie!

99 Tage bis zum Comiket

124

Sag nicht, du interessierst dich wirklich für Politik?

Takara-jima.

Stimmt, ist eine eigene Welt...

Wäre das so abwegig?

Äh.

RATAMM

Ja.

Ich weiß.

Was denn? Für heute waren wir fertig.

Ta-kara-jima.

GESCHOCKT

Echt unangenehm...

Alter...

Fies!

Ich wollte mich doch nur bei dir bedanken.

ZUCK

ZOPP

Ich danke dir von Herzen!

Hä?

Ich hab mich im stillen Kämmerlein versteckt.

BL mit dem Premier ist nischig.

Das liest kaum jemand, und wenn, hagelt's oft kritische Kommentare.

Du warst der erste, der mich für meinen Manga gelobt hat.

Anfangs war ich überfordert...

... aber ich bin dir wirklich dankbar!

Bis du meine Arbeit gelobt hast.

Du findest es witzig.

Du kannst es nachvollziehen!

Und dann hast du mich sogar an die Hand genommen.

Story-board: check.	10. April. 97 Tage bis zum Comiket	Bilder: check.

Setz das Storyboard in Skizzen um!

Gut!

Oh, ach so.

Ab jetzt...

... beginnt die Arbeit am tatsächlichen Manuskript.

Wenn wir die Fotos bearbeiten und drucken, dann...

Wie bitte?

... nehmen wir meine geheime Fotosammlung, die ich bei Demos gegen das Parlament geknipst habe!

Für die Hintergründe ...

Hä?

Und zeichne nur die Menschen.

... hast du so viele Fotos vom Parlamentsgebäude?

Wa- rum ...

Aber vom Leiter des Manga-Klubs hast du ja wohl nicht weniger erwartet, oder?

Gewalt- abstim- mun- gen...

Protest- demons- tratio- nen...

ZUCK

Äh. Na ja...

Das sind ja tausen- de...

Ah!

Wow!

Oder ?

Sieht echt aus wie gezeichnet!

Das werden die Hinter- gründe.

Das kriegt 'nen Hinter- grund und wird aus der Ferne gezeichnet.

In dem Panel findet ein Szenen- wechsel statt.

Sag nicht, aus deiner Liebe für den Premier heraus hast du sein Leben dokumentiert?

Klar! Warum auch sonst!

PRUST

ZUCK

Krass.

Na ja, ich hab ja die Mitschriften gut vorbereitet.

Entschuldigung.

Er mag Politik und ist so schlau...

Ich wünschte, Takarajima könnte mir beim Lernen helfen.

16. Juni

Die Prüfung hab ich komplett vergessen.

Uff! Ich hab ewig nicht mehr mit einem Mädchen gesprochen! War ich verdächtig? Nee, sonst hätten sie mich nicht angesprochen. Alles gut.

Und 11!

Vorlesung 6 und 7.

Ähm, okay... Wann habt ihr gefehlt?

Ah!

Ist das ein Skizzenbuch?

Ja!

Wow!

... und lässt uns deine Mitschriften abfotografieren?

Wärst du so nett...

Hä?!

Mädels!

Wir waren nicht jedes Mal da...

Ich bin auch im Manga-Klub...

Äh...

Bist du in irgendeinem Klub?

Ei...

Ein wenig.

Zeichnest du etwa auch?

Äh, ja.

Im Manga-Klub.

Was?

... immer nur mit Takarajima rumhänge.

Na ja, weil ich ...

Aber ...

... ich hab dich da noch nie gesehen.

Taka-ra... jima?

Jemand mit dem Namen...

... gibt es nicht im Manga-Klub.

!

Oh, Mori.

So früh?

KLACK

Klubräume

... sondern das Zimmer deines Politik-Klubs.

Das ist nicht der Manga-Klub...

Du hast die Poster überklebt, damit ich's nicht checke.

Was soll denn das?

Alter!

Takara-jima.

Widerstand

Bunta Takarajima, 6 Semester Politik- und Wirtschaftswissenschaften, Vertreter des Politik-Klubs »Widerstand«.

Einst ganz oben in einem anderen Politik-Zirkel...

... geriet er letztes Jahr mit dessen Leiter aneinander, schlug ihn nieder, und wurde für ein Jahr suspendiert.

Er hat mich verarscht.

Alles erstunken und erlogen.

Auch sein Lob für meinen Manga.

(Eröffnung) Nichts war d...
(Eilmeldung) Für Katzen doch nicht ansteckend!! Was,
...liens angreifen? Lies weiter... Yoshida »Tu die
...n kann's nicht mehr hören!« →

Irgendwie echt gruselig...

Als er dieses Jahr zurückkehrte, gründete er den Klub »Widerstand«.

...-Uni) Gewaltvorfall im Klub »Shigaku«
...rajima nach Suspendierung auf Solo-Pfade...

...10:25:15 Und schwupps, schon d...
...dem n...sten Klub mit dem Namen »Wide...
Das kann nicht angehen! →

Je mehr ich grub, desto mehr fand ich über ihn.

Das war zu lasch. Er hätte exmatrikuliert werden mü...

voll...

Die Schule hat nichts offiziell dazu gesagt.

Und doch steht überall sein voller Name...

Kundgebung...
...asst uns ihn stalken! Lol

Video von einem Klub-Mitglied, auf dem man alles sieht!! →

Verschwendung von Steuergeldern, wenn man so jemanden an einer Uni studieren lässt!

Der gehört verhaftet, nicht suspendiert! Eine Schande f...

Der findet eh keine Mitglieder, omega-lol
Wer will schon in einen Gewalt-Klub, tripple-lol

...zeihlich!
...Klub-Leite...

Das Netz...

... ist voll mit Kommentaren über ihn.

Wie kann der es... zurück zur Uni zu...

Takarajimas Familie wohnt im Minato-Bezirk in Tokyo

Dann werde ich auch noch Teil dieses Shitstorms.

Von dem lasse ich ab jetzt die Finger!

... er wollte meinen Manga nur benutzen ...

... um seine Ansichten zu verbreiten.

201

Mori

Ich bin mir sicher...

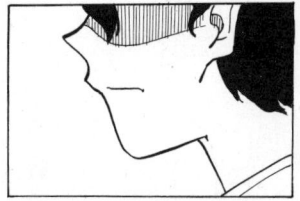

Im Klub-raum war ich seitdem nicht mehr.

Takaraji-ma...

Juli

Für mich hieß es ab da: Pauken.

... kontak-tiert mich nach wie vor.

Was geht bloß in dem vor?!

‹Takarajima

Hey, Mori!

Komm zum Club.

Wir müssen reden. 11:40

(heute)

Lies nicht meine Nachrichten und 9:42

schreib nicht zurück 7/13

Junge!

Komm nach der 4. Stunde vorbei!

Und schließlich ...

Beginnen Sie mit der Prüfung!

RAUN

RAUN

Wah!

Wir sind Psst! mitten in der Vorlesung!

Du sollst zum Klub-Raum kommen!

Verdammt noch mal, Mori!

Nicht beachten. Nicht beachten.

Warte doch!

FLIIIN

Hey!

Hiek!

Nachher in der 3. Stunde...

Hey.

Ich komme auch!

SCHNATTER

Was machst du in den Ferien?

SCHNATTER

Um wie viel Uhr gehen wir was trinken?

Endlich vorbei!

Gut gemacht!

Am 2. August waren die Semesterprüfungen geschafft.

Ab 18 Uhr.

Was hast du vor?

Ab morgen sind Sommerferien.

Hab eh nichts zu tun.

Ich gammel zu Hause rum, wie letztes Jahr.

Die Neue hat mir geschrieben.

Ich will mal...

... zum Sommer-Comiket gehen!

Trinken wir davor im Club-Raum?

Bis dann!

Was?

FWUPP

Äh...

Denk an was anderes!

Soll übelst voll sein da.

Ja, genau.

Meinst du...

... diese Messe für Manga und Anime?

Oh...

Hab's angenommen.

Heute ab 18 Uhr ...

... hält der Abgeordnete Edayama von der demokratischen Partei einen Vortrag.

Er selbst wird anwesend sein.

Hier, für dich!

Äh.

Okay ...

Danke!

Club Shigaku

Veranstalter

Kota Edayama, Abgeordneter, Debatte

Min

Der Eintritt ist frei.

Kommt bitte zahlreich!

Parteivorsitzender Minsei-Partei Abgeordneter des Repräsentantenhauses

2. August (FR) 18:00

Veranstalter: Club S... Eintritt f... ohne An...

Der Klub, in dem Takarajima davor war.

Das ist ein berühmter Politiker.

... um noch ein wenig über politische Themen nachzudenken!

Eine einmalige Chance!

Mit euren Clubs könnt ihr auch danach noch feiern.

Kota Edayama kommt an die Haya-Uni!

Das ist im Hörsaal ganz in der Nähe ...

Ganz schön ...

Nutzt die Zeit vor den Sommerferien...

... lange hin noch, bis um 18 Uhr.

Du gehst eh nicht hin, oder?

Weißt du, warum das so ist?

... wird die Hälfte aller Studenten nicht hingehen, dich eingeschlossen.

!

Und doch ...

!

Der Parteichef der größten Oppositionspartei.

Ist ein verdammt großer Name.

Ein kostenloser Vortrag, hier auf unserem Campus.

Takarajima!

Weil's erst heute Abend ist?
Willst du mich jetzt beleh-ren?
Weil's ...
... sterbens-langweilig ist!
?!
Die Prüfungen sind geschafft, wer will da noch bis heute Abend rum warten, um sich im Hörsaal einen Politiker reinzuziehen!
Keiner!
Da hat doch nie-mand Bock drauf.
Da nimmt nur teil, wer sich eh für Politik inter-essiert.
Und alle, die Politik nicht juckt ...
... werden ...
... mit ihren Klubs saufen gehen.
Macht sogar mehr Sinn, heim-zugehen und Handyspiele zu zocken.

an die Ha...mi

Zu nichts zu gebrauchen, blablabla.

Buh, die japanische Jugend lässt sich nur berieseln.

... und führen die ausländischen Jugendlichen an.

... kommen wieder all die Spießer daher...

Und dann ...

Heu... :00 U...

GRAH

Hä?!

Dann macht die Politik halt nicht so todeslangweilig, verfickt noch mal!

... dann hört mit eurer Wichtigtuerei auf...

... und gestaltet die Scheißpolitik halt interessanter!

Wenn das japanische Volk nur an lustigen und unterhaltsamen Dingen interessiert ist...

Nicht so laut!

Hey ...

Takarajima...

Warum soll sich das Volk nach der Politik richten? Wenn, dann muss die Politik doch dem Volk was bieten!

RAUN

RAUN

... weil ich Politik...

... interessanter machen will!

Ich hab diesen neuen Klub nur gegründet ...

Und jetzt ...

... sag ich dir noch, was ich vorhabe.

Keine Nachahmung des Westens ...

... sondern eine neue Art von Politik für Japan.

Allein darum geht's mir!

Die japanische Jugend nimmt die Welt nur noch über Unterhaltungsmedien wahr.

Aber wer sagt denn, dass Politik und Unterhaltung nicht zusammengehen?

Man kann Politik doch auch mit Entertainment machen!

Sorry, dass ich dich getäuscht hab.

SCHARR

Mori.

Takarajima...

... dass ich deinen Manga witzig fand, war nicht gelogen!

I

Ich empfinde keine sexuelle Erregung bei dem Gedanken, dass der Premierminister Yasuda etwas mit Jiro Asakawa hat.

Ah!

Dass ich auf den Premier stehe, war auch gelogen.

Ah!

Nicht so laut!

QUASSEL

PRE
MIER?

KICHER

KICHER
KICHER

QUASSEL

Aber...

... mit mir an dem Manga weiterzuarbeiten?

Könntest du dir vorstellen...

Aber ich will dich nicht nur für meine Zwecke ausnutzen, ehrlich!

Zugegeben, mir geht's auch um egoistische Ziele.

... neue Art von Politik.

Dein Manga ist witzig!

Geh mit zum Sommer-Comiket!

Du machst das möglich!

Wäre toll, wenn dein Vorhaben in Erfüllung geht.

Also wenn ich helfen kann...

... dann stehe ich gerne zur Verfügung.

Dass du so über meinen Manga sprichst, überrascht mich.

Unbedingt!

Noch einmal: Lass uns das rocken!

!

RAUN

RAUN

Ich schmeiß mich weg!

Filmt das jemand?

Der von dem Shitstorm?

Ist das nicht Takarajima?

Hey! Was geht?

Uh!

Schnauze, ihr Vollidioten!

Nimm das sofort zurü...

Was du über uns gesagt hast, geht echt zu weit.

Also wirklich.

Hauen wir ab! Die nerven!

Nicht!

Fall nicht noch mehr auf!

Geht gar nicht!

Lame!

Ah. Takarajima!

Hä?!

Ja, ist ja gut!

Warte auf mich!

Nie im Leben ist das zu schaffen!

... ist die Deadline schon am 8. August, oder?

Chill mal, Mori.

... 2 Seiten Skizzen und 32 Seiten Reinzeichnung plus Rasterfolie.

Fehlen noch...

6 Tage bis zur Deadline

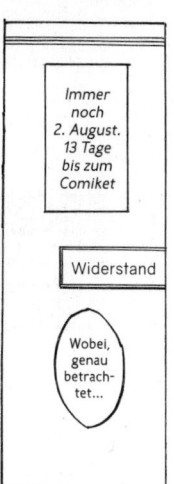

Immer noch 2. August. 13 Tage bis zum Comiket

Widerstand

Wobei, genau betrachtet...

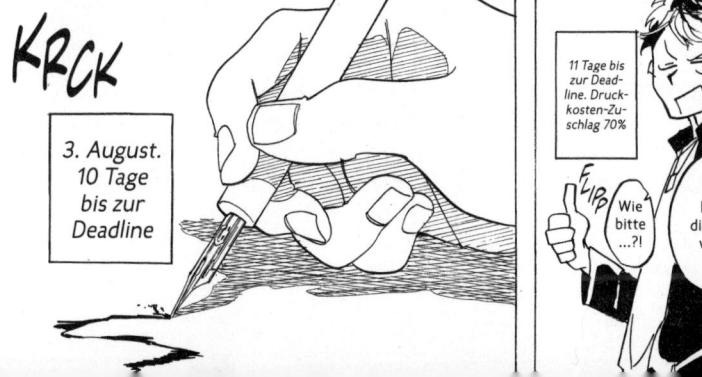

KRCK

3. August. 10 Tage bis zur Deadline

11 Tage bis zur Deadline. Druckkosten-Zuschlag 70%

Wie bitte ...?!

Mit Geld lässt sich die Deadline verschieben!

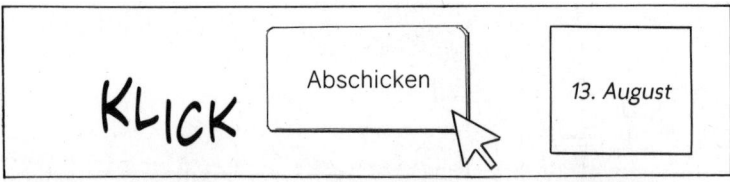

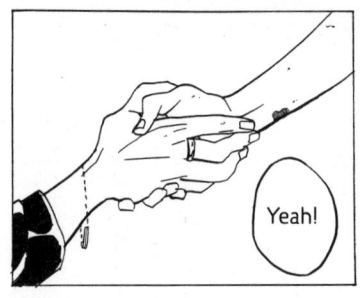

148

>>40 Comic Award<< eingereichtes Werk
>>Fair-Politik<<

Jump Rookie, eingereichtes Werk
>>Hymne<<

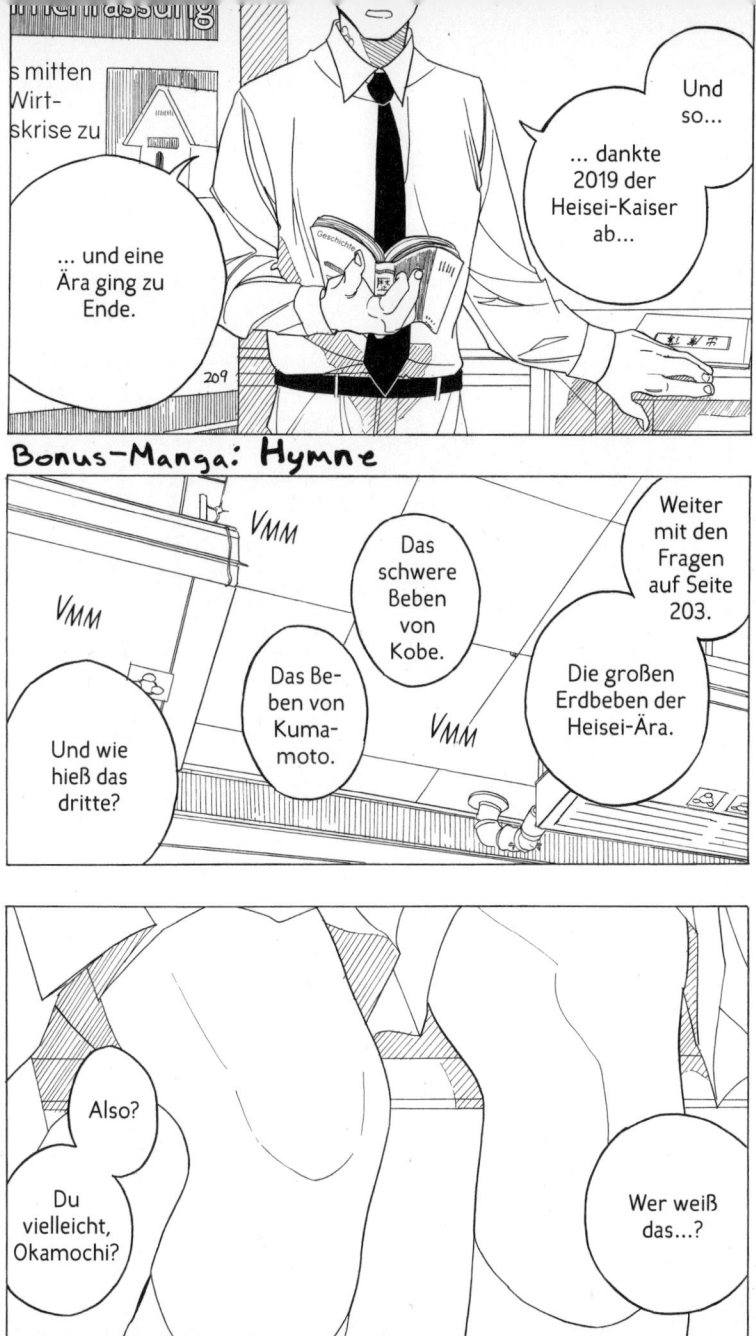

Also wirklich ...

...

... wenn es so lange her ist?

Genau darum geht's aber!

Das Beben von Ost-japan!

Wann merkst du dir das endlich?

Drei Wochen kauen wir das jetzt schon durch.

Woher soll ich das denn wissen...

Hey!

Hörst du mir zu?

... der Auslöser für den Ersten Informationskrieg.

... waren ...

... die durch biologische Waffen ausgelöste Weltwirtschaftskrise zu Beginn der Reiwa-Ära...

Die enormen Wiederaufbaukosten nach diesen Erdbeben und...

Ah!

Gehst du nach Hause?

Ta Ta Na Ta

Hm...

Na Ta

Ta

Da bist du ja, Tatana.

Ta Na

Ta

Na

FWPp

Krieg ich einen?

Grüß dich!

Wow, danke!

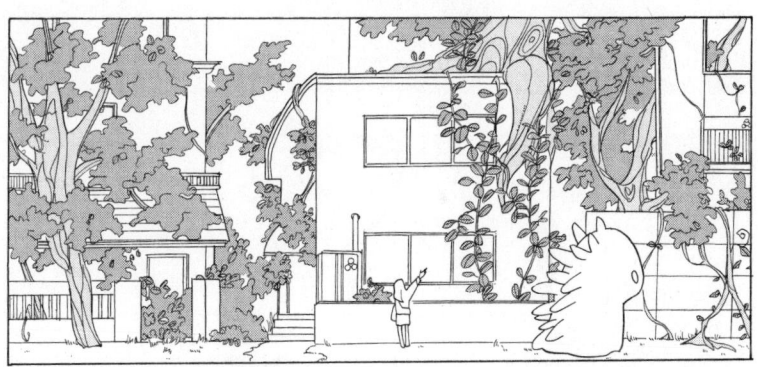

... den weltweit ersten Cyberkrieg.

Den Ersten Informationskrieg.

... wurde zum Auslöser für...

Ein großangelegter Cyberangriff, vermutlich von Washington verübt...

Darf ich Sie was fragen?

Er galt als der schlimmste Krieg, bei dem kein Blut vergossen wurde.

Infolgedessen kam es zu einem dreitägigen Ausfall des Internets.

Der Schaden überstieg 3 Billionen Dollar.

Gefällt's Ihnen?

Ob es mir gefällt?

Ich hab mich heute geschminkt.

Fortpflanzung liegt nicht mehr im Trend.

Mit Make-up versuchen Frauen, Männer für die Fortpflanzung zu gewinnen.

Außerdem bin ich dein...

Bist du auf Fortpflanzung aus?

Dass unsere verlassene Stadt ...

... über genügend Wasser und Strom verfügt...

... und auch, dass sich unsere Industrieroboter bewegen...

... verdanken wir alles dieser Energiequelle.

Welch seltene Ehre.

Oh, eine Frage?

5. Ind

Die Entdeckung des

der Entdeckung der ideal

setzen. 95% der Länder

alten sich zu industrienatione

wurde auch das Proble

Also...

Entschuldigung!

Der rapide Abfall der weltweiten Geburtenraten...

... begann zur gleichen Zeit.

Mein Unterricht interessiert dich kein bisschen, was?

Wussten Sie, dass Tatana...

... Junge bekommen hat?

13. Bevölkerungsrückgang und Massenmigrationsgesetz

1. Weltweiter Bevölkerungsrückgang

Im 26. Jahrhundert begann die
Weltbevölkerung rapide zu sinken.
Der unerklärliche Rückgang der
Geburtenraten ging einher mit einem
A... der Zahl unfruchtbarer
... Die Menschheit hat ihre
... Fortpflanzung verloren. Da alle Länder
... geworden waren, nahmen immer
... wanderer auf. Der Grund für den
... g ist nach wie vor unbekannt.

2. Inkrafttreten des Massenmigrationsgesetzes

Im Jahr 2576 wurde in Japan das
Massenmigrationsgesetz erlassen. Es wurde
empfohlen, Gemeinden, die aufgrund der Entvölkerung
nicht mehr tragbar waren, aufzugeben und in andere
Regionen oder ins Ausland zu verlegen. Da es jedoch
... ltweit zu einer ähnli... tvölkerung kam, wurden
... wohnbar.

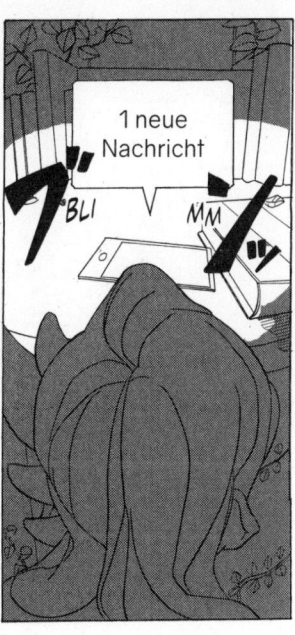

An alle ehemaligen Erdbewohner.

Wir sprechen aus dem alten Rom zu euch.

Hier spricht die ehemalige Vatikanstadt.

Wir sind eine Lebensgemeinschaft...

... von überlebenden Altmenschen.

Wir nennen uns »The Rome Family«.

Religion...

Herkunft...

Ethnie...

117 Menschen aus der ganzen Welt wohnen hier zusammen.

Wir haben alle Unterschiede überwunden.

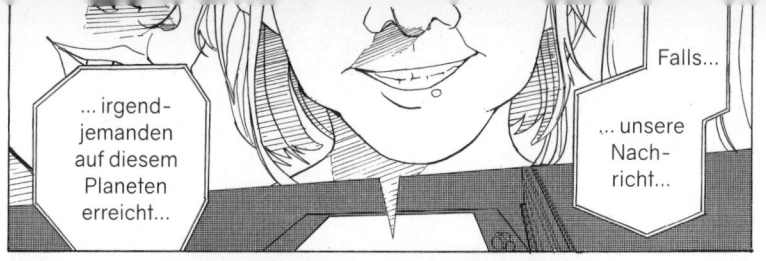

Falls...

... unsere Nachricht...

... irgendjemanden auf diesem Planeten erreicht...

... laden wir euch herzlich ein, euch uns anzuschließen.

The Rome Family...

... erwartet euch.

Glück sei der Altmenschheit!

Glück sei der Altmenschheit!

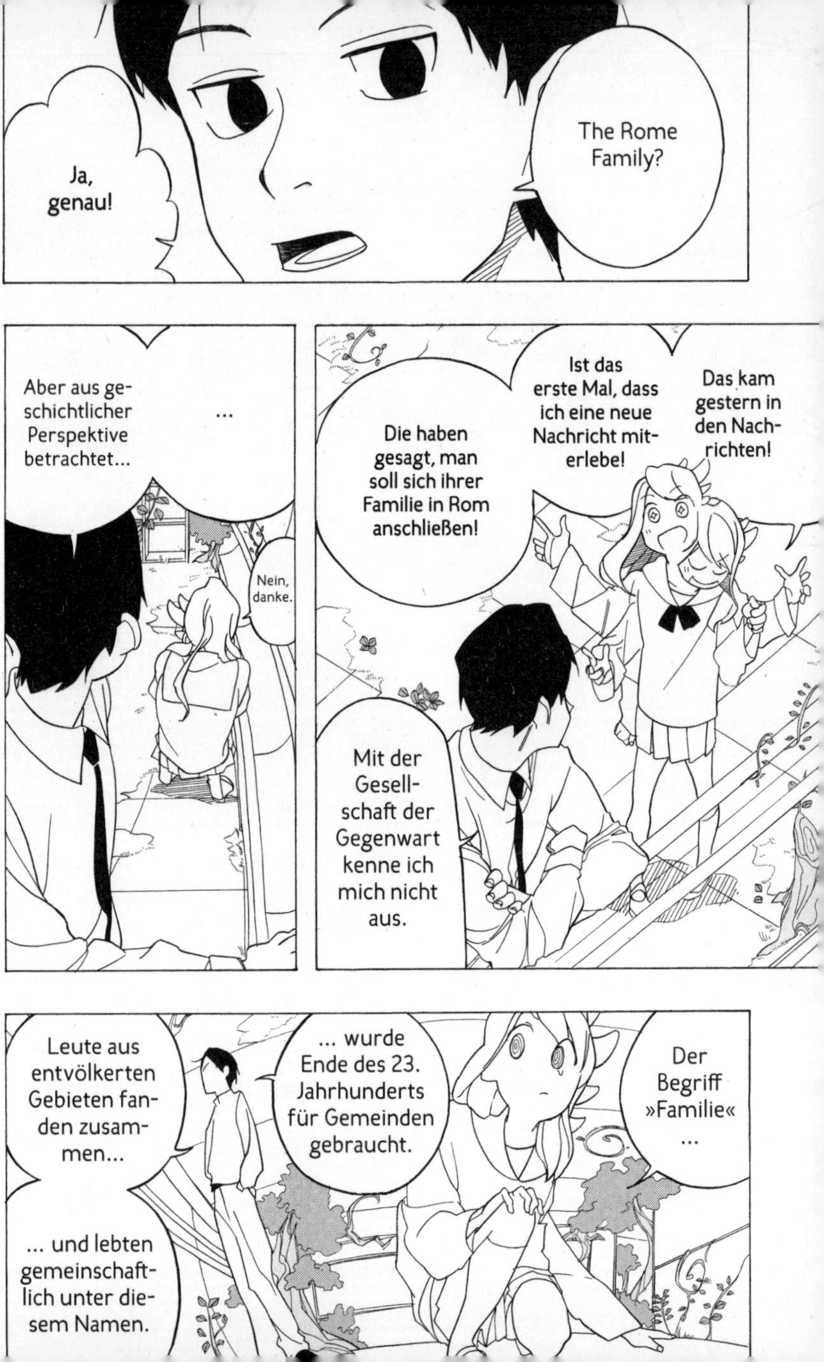

The Rome Family?

Ja, genau!

Aber aus geschichtlicher Perspektive betrachtet...

...

Nein, danke.

Die haben gesagt, man soll sich ihrer Familie in Rom anschließen!

Ist das erste Mal, dass ich eine neue Nachricht miterlebe!

Das kam gestern in den Nachrichten!

Mit der Gesellschaft der Gegenwart kenne ich mich nicht aus.

Leute aus entvölkerten Gebieten fanden zusammen...

... und lebten gemeinschaftlich unter diesem Namen.

... wurde Ende des 23. Jahrhunderts für Gemeinden gebraucht.

Der Begriff »Familie« ...

... zog es auch viele Japaner nach Rom.

Nach dem Migrationsgesetz...

Hm ...

Früher war die Gruppe katholisch geprägt...

... doch inzwischen spielt der Glaube beim Eintritt keine Rolle mehr.

Die Familie von Rom ist die letzte ihrer Art.

Willst du nicht hin?

Nach Rom?

Oder aber...

Nein.

Schon gut.

Die Verkehrsmittel funktionieren noch, auch wenn sie niemand nutzt.

Wäre nicht unmöglich.

Hä?

Du könntest die Magnetschwebebahn oder ein selbstfliegendes Flugzeug nutzen.

... dass sie mich aufnehmen würden.

Ich glaube nicht...

Ich gehöre ja nicht zur Altmenschheit.

FSCHHH

... konnten selbst im 25. Jahrhundert...

... den Bevölkerungsrückgang nicht bremsen.

Alle wissenschaftlichen und politischen Bemühungen...

Die bisherige Menschheit...

In diesem Kontext ...

... machte man im Jahr 2513 eine Entdeckung.

... wurde als Altmenschheit verdrängt ...

... und durch eine neue Art ersetzt, die sich rasch ausbreitete.

171

Nanu?

Seid ihr heute allein?

RASCHEL

Entschul- digung!

Wo habt ihr Tatana gelassen?

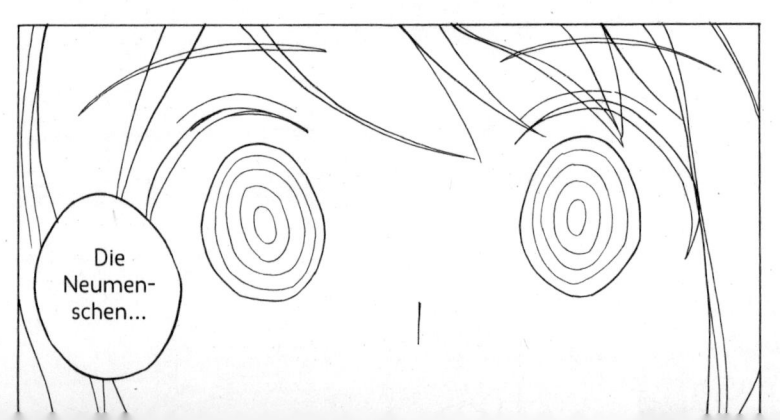

Die Neumen-
schen...

... nur eine meiner Schülerinnen.

Für mich bist du...

!

Das weiß ich nicht.

Ah...

ZUCK

RASCHEL

Tatana...

Im Jahr 2530...

... ging die Nation Japan zu Ende.

Der Bevölkerungsrückgang war nicht mehr zu stoppen.

Im Jahr 2600...

... waren sämtliche Nationen vom Erdboden verschwunden.

China und die Vereinigten Staaten hielten sich am längsten.

Momentan...

... wird die verbleibende Bevölkerung der Altmenschheit...

... auf 5000 Menschen geschätzt.

... der Lehrplan zur Geschichte der Erdbewohner abgeschlossen.

Damit wäre...

So viel dazu.

PAMM

Wie möchtest du weitermachen?

Geschichte

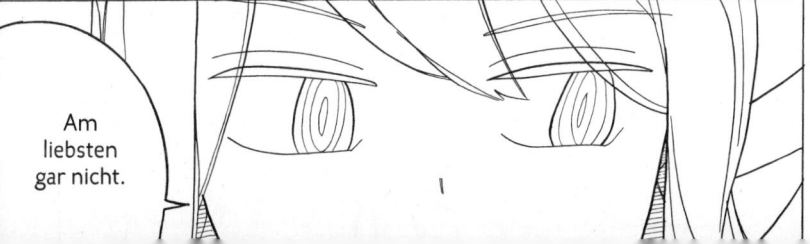

Am liebsten gar nicht.

Das war unange-bracht.

Ich ...

... kenne mich nur mit Geschichte aus.

...

S...

Sorry.

Alles, was die Zukunft betrifft...

Hf. ...

Wusste gar nicht, dass Sie das können.

Hach!

War das lustig!

Na, hör mal ...

KLANK

...

HA HA

HA

Hey, lach nicht!

Aber ...

Sie haben mir noch nie 'ne Standpauke gehalten!

Trotzdem...

Danke für alles.

Keine Nutzer festgestellt.

Gemäß Artikel 11 des Migrationsgesetzes...

Abwesend

Jahr: 3   Klasse: 2

Biep!

... in den Ruhezustand versetzt.

... wird Modell M250014 ...

... die Lernunterstützungsmaschine für höhere Bildung...

Ganz schön weit.

Neue Nutzer...

... werden gebeten...

The Rome Family

Eine Nachricht an alle Menschen in Japan

Rom also...

... als Benutzer zu registrieren.

... sich über das Terminal am Lehrpult...

... trägt mit Bildung zur Entwicklung...

... und dem Fortbestand der Menschheit bei.

Die ehemalige Regierung Japans...

Glück sei der Altmenschheit.

Glück sei der Menschheit.

Hymne - Ende

Bonuskapitel

Ich koche Curry mit meiner Familie!

Oder doch keine tolle Idee?

Sonst wird's noch langweilig!

Außerdem hab ich Bock auf Curry.

Oh, tolle Idee.

... aber jetzt haben sich alle beruhigt.

Wäre das was?

Wir haben viel durchgemacht...

Meinetwegen.

Dass machst du aber selber. Einkaufen und Kochen.

Denk bloß nicht, dass ich das auch noch übernehme.

Ach so.

Kakeru ist so ein Schlappschwanz ...

Warum mach ich eigentlich alles?

... gehe ich auch noch arbeiten.

Neben dem Haushalt...

Was, Curry?

Tolle Idee!

Dann gibt's morgen Curry!

Okay! Danke!

Ich gehe gleich einkaufen.

Ich helfe auch mit.

Oh, ja.

Danke, Oma!

Also...

Ich besorge auch noch ein paar Sachen.

Danke!

Ich freu mich schon!

Willst du kein Curry?

Waaas?

Mach's selber!

Bist doch kein Baby.

Hol's doch bei Coco-Ichi*!

Aber zu Hause schmeckt's am besten!

* Curry-Restaurantkette

... mal dankbarer für alles...

... was ich getan habe!

Und überhaupt ...

Zeig dich...

Sonst verpetz ich, dass dein Freund erwachsen ist!

Mach 'ne Ausnahme!

... ich will nicht zu Hause essen!

Aber ...

Uff, so schwer...

Komm! Gehen wir zusammen einkaufen...

... Shiori!

Auf gaaaaar keinen Fall!

Na, gut.

Aber dann...

... auf selbst gemachtes Curry?!

Habt ihr keinen Bock...

Dito.

Keine zehn Pferde bringen mich nach Hause!

Los jetzt!

Irgendwas, was zu Curry passt.

Hä?!

Okay!

Wir teilen den Einkauf auf. Besorg du auch was, Papa!

Geht klar... Oh, nein!

Ge...

Curry hoffentlich auch, oder?

Karotten haben wir auch!

Kartoffeln.

Zwiebeln.

Oh, verdammt.

BIMMEL
IL IL IL

VNNN

Ich bin schon in der Bahn!

Na, gut!

Wir machen doch Curry...!

Ich dachte, irgendjemand würde eine Curry-Mischung kaufen.

Tsubasa!

Mum, wir haben kein Curry.

Kann man das irgendwie ersetzen?

Rühr um!

Das Fleisch brennt an!

Niemals ...

Können wir nicht einfach eine Suppe machen?

Leute! Wir haben nicht mal Gewürze, wir sind geliefert!

Sorry, ich hätte welches holen sollen.

Woher soll ich das wissen!

Was?!

Jetzt noch welches zu holen, wäre auch lästig.

Schrei doch nicht so, Mum!

Hä?

Oh.

Von Tsubasa.

* Coco-Ichi Curry-Restaurant

Wollten die nicht selbst Curry kochen...?

tsubasa.75   Curry!!

Likes   ... mehr

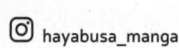
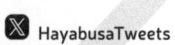

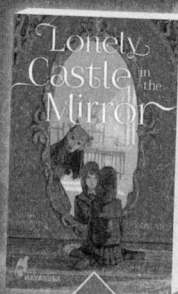

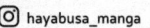 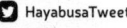

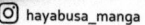 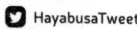

PERFEKT **UNPERFEKTE** JUNGS!

PLAY it COOL, GUYS

Kokone Nata

Wer kennt sie nicht, diese kleinen peinlichen Situationen, bei denen man am liebsten im Erdboden versinken würde: Gegen eine Glastür zu laufen, mit einem falsch geknöpften Hemd vor die Tür zu gehen oder den Strohhalm zu verfehlen, wenn man gerade zum lässigen Schlürfen eines Getränks ansetzen wollte.

Doch selbst die coolsten Jungs sind nicht vor den kleinen Trottelmomenten des Alltags gefeit!

»Play it Cool, Guys« ist Urlaub für die Seele. Hier kann man sich Seite für Seite durch die episodenhaften Kapitel kichern und eine Handvoll hübscher Jungs dabei beobachten, wie sie sich durch den Alltag trotteln.

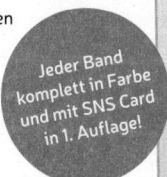

Jeder Band komplett in Farbe und mit SNS Card in 1. Auflage!

Cool Day Danshi © Kokone Nata / SQUARE ENIX CO., LTD.

PLAY it COOL, GUYS 1

Kokone Nata

HAYABUSA
www.hayabusa-manga.de

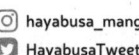

hayabusa_manga

HayabusaTweets

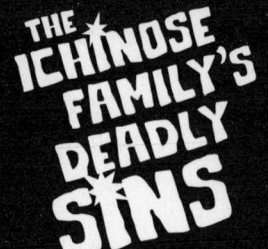

HALT!

ist eine japanische Serie, die originalgetreu von »hinten« nach »vorne« und von rechts nach links gelesen wird! Schlagt das Buch also »hinten« auf und blättert Seite für Seite nach »vorne« weiter! Auch die Bilder und Sprechblasen werden von rechts oben nach links unten gelesen, wie es in der Grafik gezeigt wird! Hayabusa wünscht gute Unterhaltung!

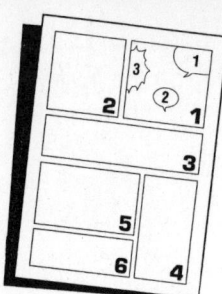

HAYABUSA

2025 Carlsen Verlag GmbH, Völckersstraße 14-20, 22765 Hamburg

Aus dem Japanischen von Gandalf Bartholomäus

ICHINOSEKE NO TAIZAI © 2022 by Taizan5

All rights reserved.

First published in Japan in 2022 by SHUEISHA Inc., Tokyo.

German translation rights in Germany, Austria, Luxembourg and German-speaking Switzerland arranged by SHUEISHA Inc. through VME PLB SAS, France.

Covergestaltung: Sonnenfisch Production – Laura Bartels

Redaktion: Lisa Duty

Produktionsmanagement: Celina Wendt

Alle deutschen Rechte vorbehalten.

Wir behalten uns die Nutzung unserer Inhalte für Text und Data Mining im Sinne von § 44b UrhG ausdrücklich vor.

ISBN: 978-3-551-62493-2

MIX
Papier | Fördert
gute Waldnutzung
FSC
www.fsc.org
FSC® C083411

Wir produzieren nachhaltig

- Klimaneutrales Produkt
- Papiere aus nachhaltigen und kontrollierten Quellen
- Hergestellt in Europa

FOLLOW THE FALCON

www.hayabusa-manga.de

[instagram] hayabusa_manga

[tiktok] carlsen_hotpot